SOPA DE NIÑO

escrito e ilustrado
por Loris Lesynski

versión al español por Yanitzia Canetti

Annick Press
Toronto • New York • Vancouver

© 2004 Annick Press Ltd. (Spanish edition)
© 1996 Loris Lesynski (text and art)
Design by MPD & Associates
© 2003 Spanish adaptation in rhyme by Yanitzia Canetti
Editorial Services in Spanish by
VERSAL EDITORIAL GROUP, Inc. www.versalgroup.com

Primera impresión en español, 2004

Annick Press Ltd.

Agradecemos la ayuda prestada por el Consejo de Artes de Canadá (Canada Council for the Arts), el Consejo de Artes de Ontario (Ontario Arts Council) y el Gobierno de Canadá (Government of Canada) a través del programa Book Publishing Industry Development Program (BPIDP) para nuestras actividades editoriales.

Cataloging in Publication
Lesynski, Loris
[Boy soup, or, When giant caught cold. Spanish]
   Sopa de niño
Lesynski; versión al español por Yanitzia Canetti.

Translation of: Boy soup, or, When giant caught cold.
ISBN 1-55037-855-4

   I. Canetti, Yanitzia, 1967- II. Title. III. Title: Ogro con gripe.
IV. Boy soup, or, When giant caught cold. Spanish.

PS8573.E79B6918 2004   C813'.54   C2003-905463-2

Distribuido en Canadá por:
Firefly Books Ltd.
66 Leek Crescent
Richmond Hill, ON
L4B 1H1

Publicado en U.S.A. por Annick Press (U.S.) Ltd.
Distribuido en U.S.A. por:
Firefly Books (U.S.) Inc.
P.O. Box 1338
Ellicott Station
Buffalo, NY 14205

Impreso y encuadernado en Canadá por Friesens, Altona, Manitoba

Visítenos en www.annickpress.com

Para "The Goup"

El ogro se despertó con tremendo aspaviento.

—Estoy enfermo —dijo—. ¡Qué mal me siento!

Tosió

     y movió montañas.

Tosió fuerte

     y causó terremotos.

Luego dijo, entre sollozos:

—¡Tengo todo el cuerpo roto!

Gruñendo y rezongando, el ogro se destapó

y una *Guía de remedios para gigantes* buscó.

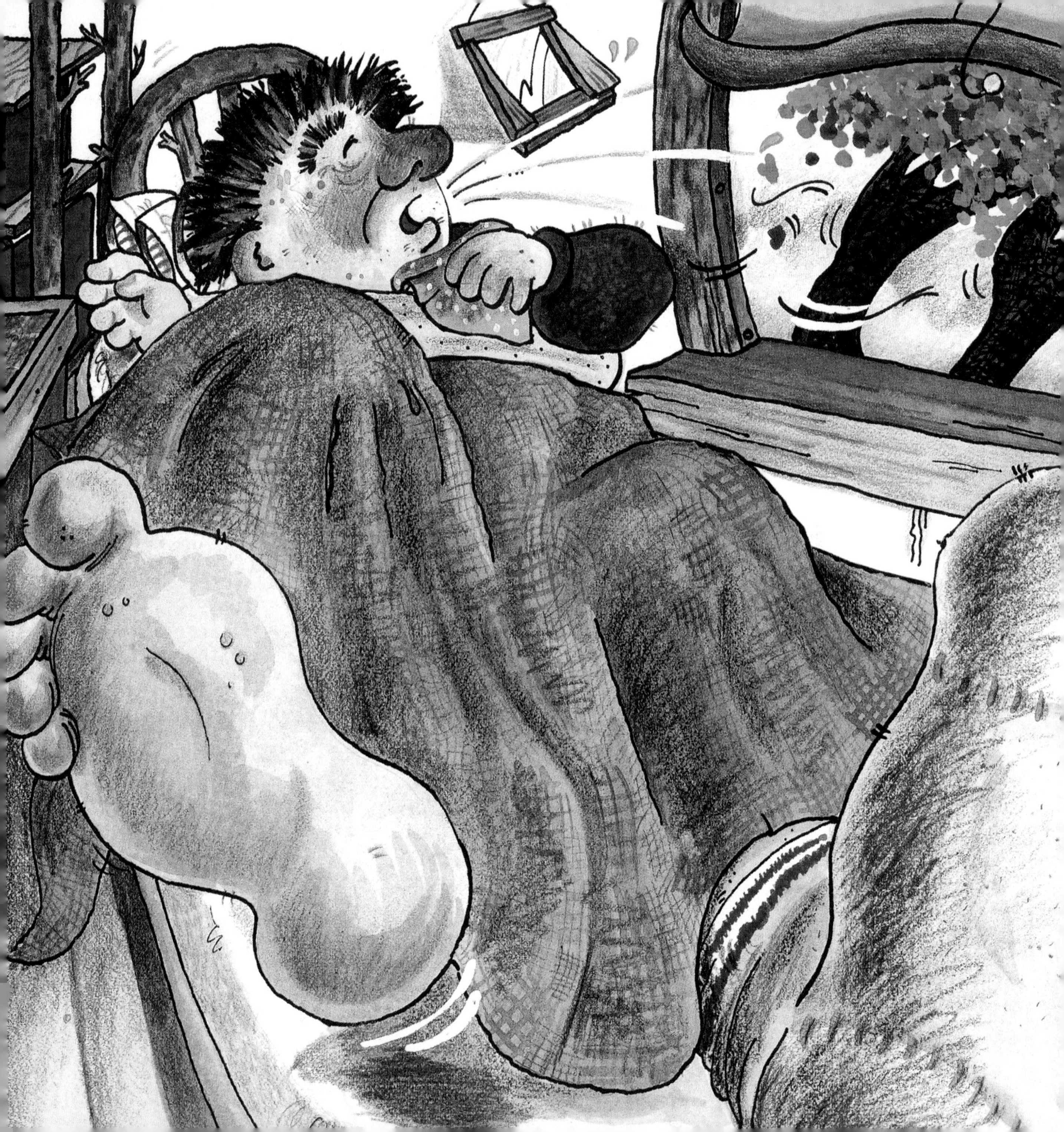

Con sus dedos gigantones,
hojeó de manera lenta
y entre estornudos ruidosos
con los que casi revienta,
sus síntomas encontró
en la página setenta:
“Asfixia, mareos,
principio de tos,
gran agotamiento,
recaída atroz”.

¿El único remedio posible?

¡Sopa de niño
apetecible!

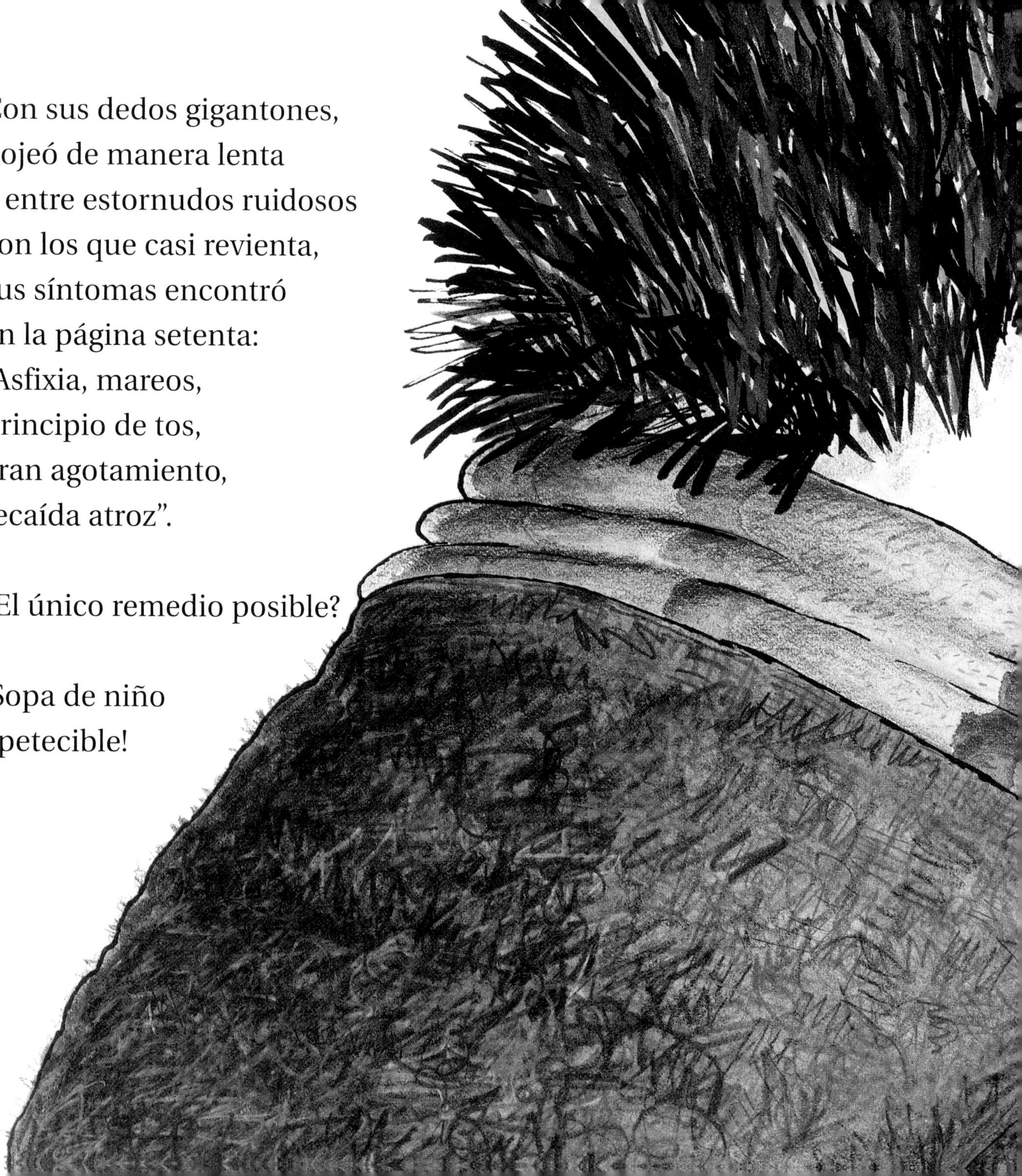

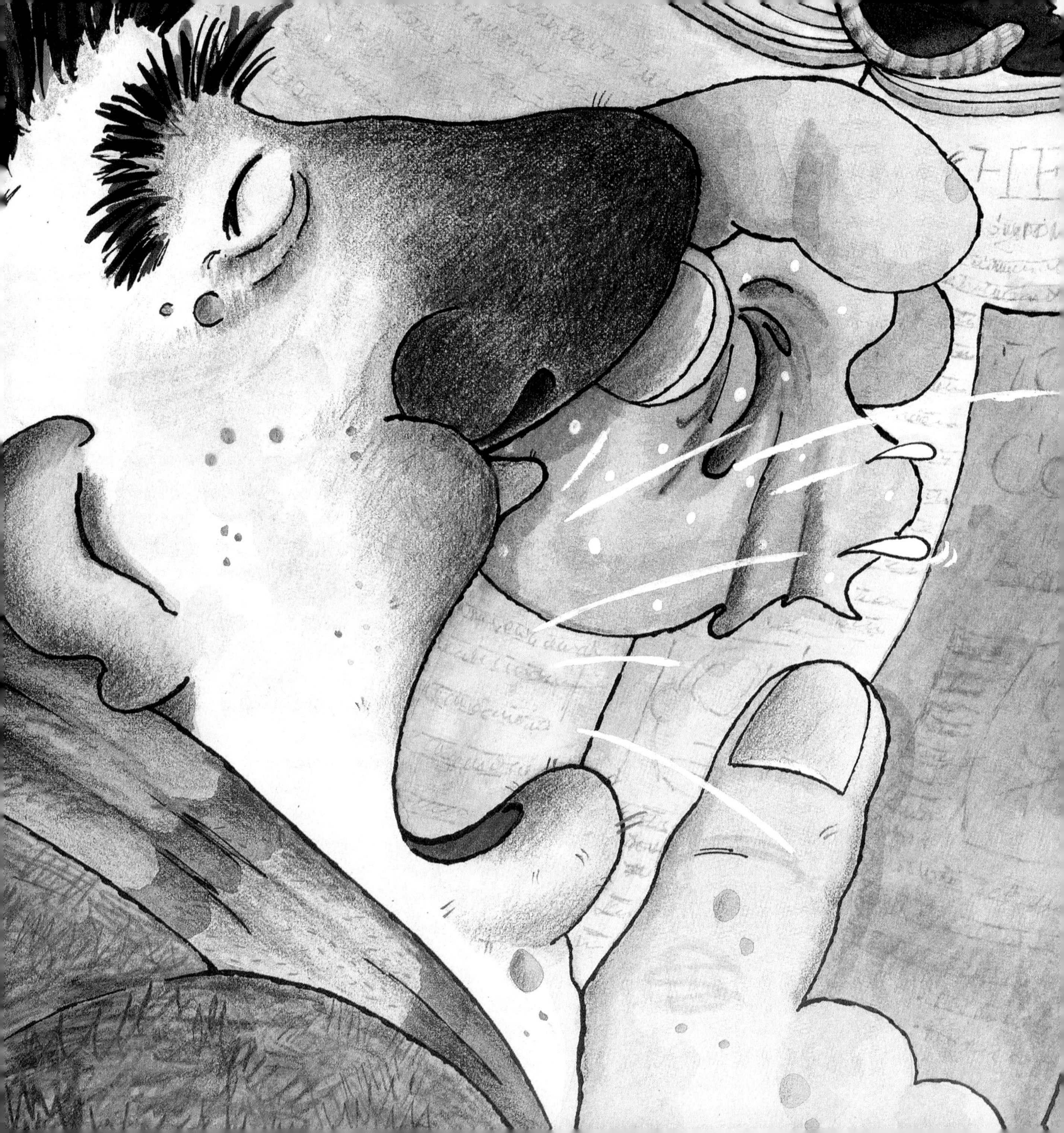

—¡Ay, no! —dijo el ogro—. ¡Eso jamás!
Pero en su cara brilló una sonrisa voraz.

—Pero claro, estoy enfermo, es un pretexto grandioso.
Creo que un niño daría
            para un caldo apetitoso.
Un niño dulce, impecable
            y taaaaaan delicioso
que me haga lamer el plato
            hasta dejarlo brilloso.
Un niño bien rollizo… ¡o mejor, una tropa!
¡Media docena daría
            para una buena sopa!

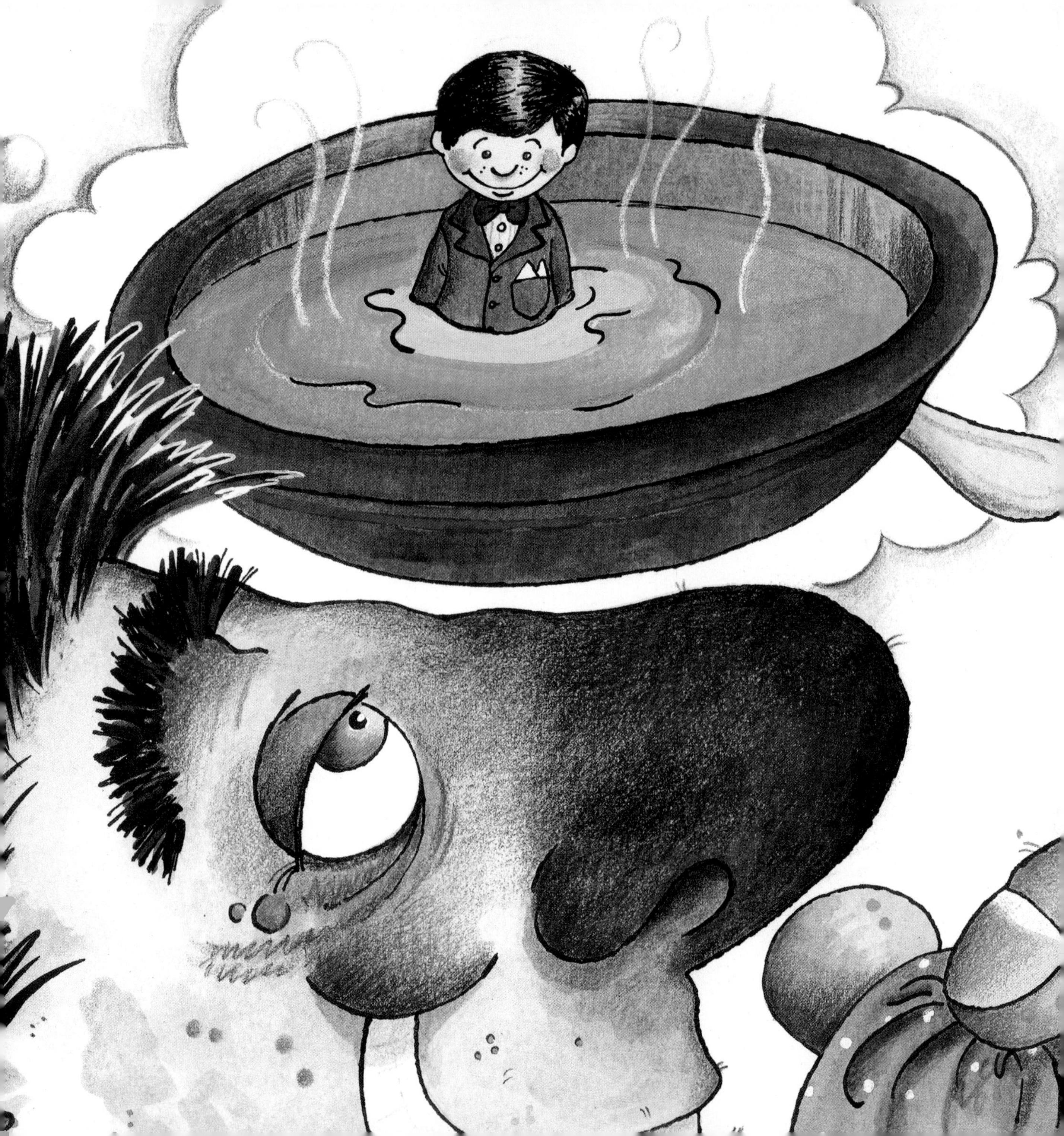

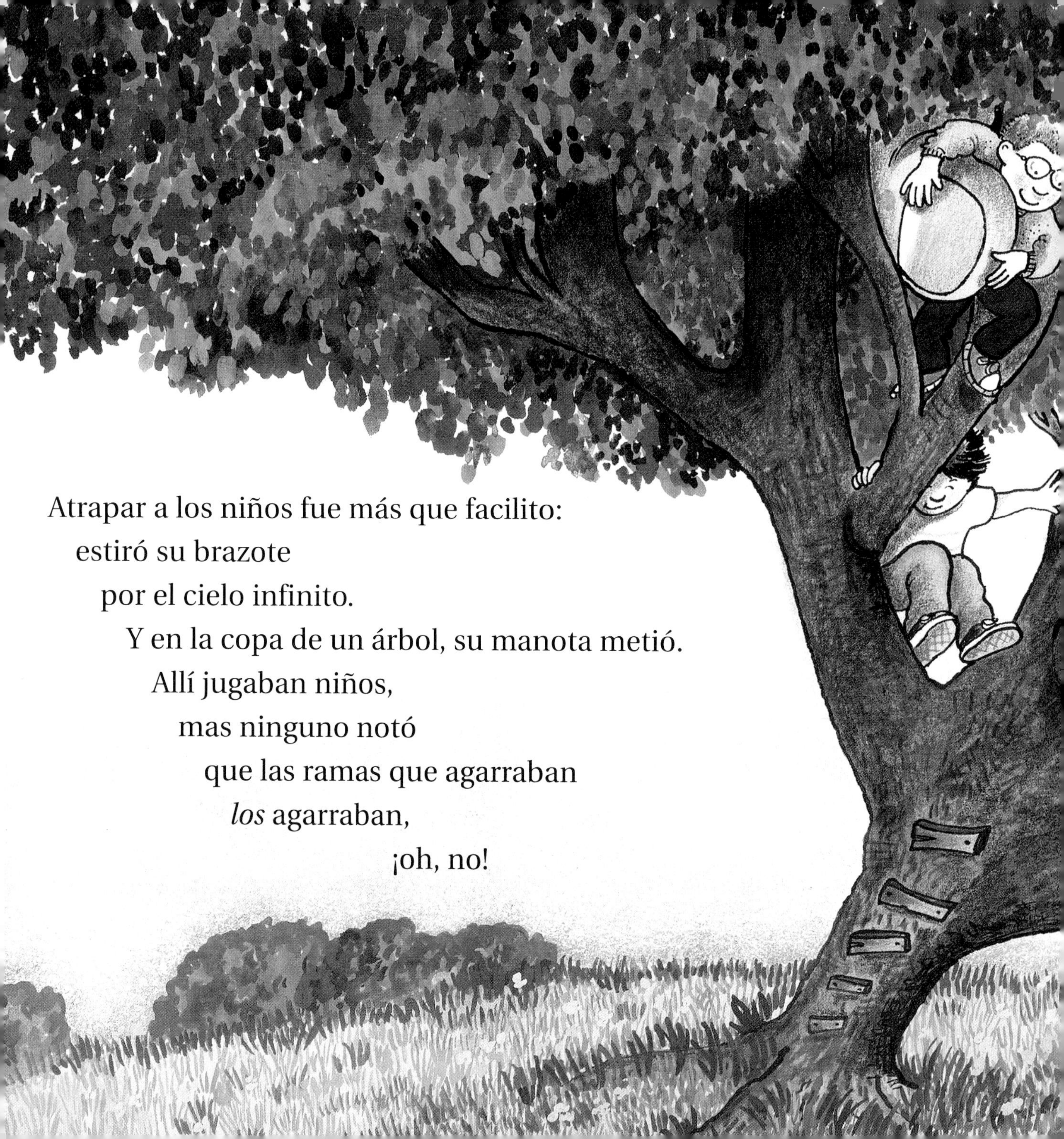

Atrapar a los niños fue más que facilito:
estiró su brazote
por el cielo infinito.
Y en la copa de un árbol, su manota metió.
Allí jugaban niños,
mas ninguno notó
que las ramas que agarraban
los agarraban,
¡oh, no!

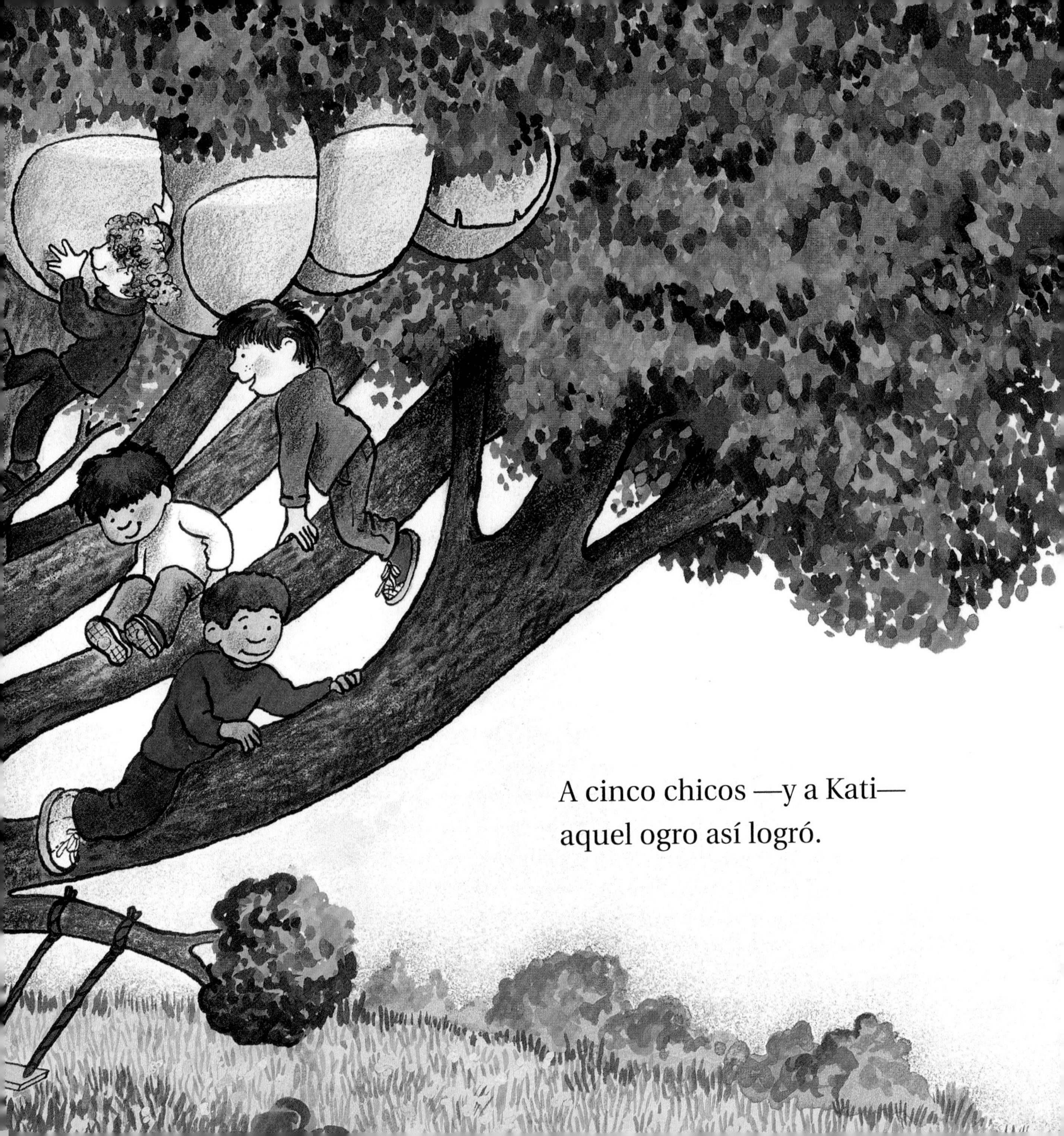

A cinco chicos —y a Kati—
aquel ogro así logró.

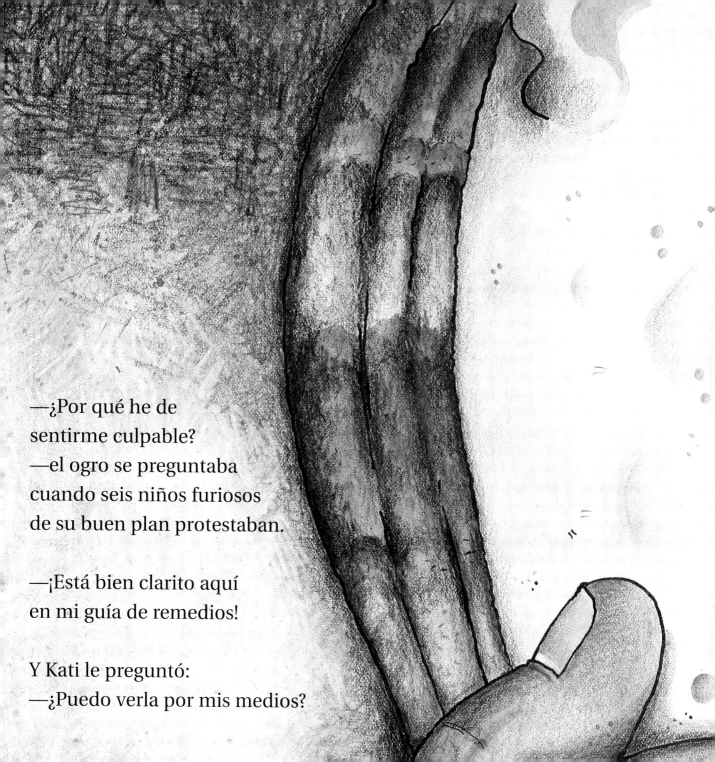

—¿Por qué he de
sentirme culpable?
—el ogro se preguntaba
cuando seis niños furiosos
de su buen plan protestaban.

—¡Está bien clarito aquí
en mi guía de remedios!

Y Kati le preguntó:
—¿Puedo verla por mis medios?

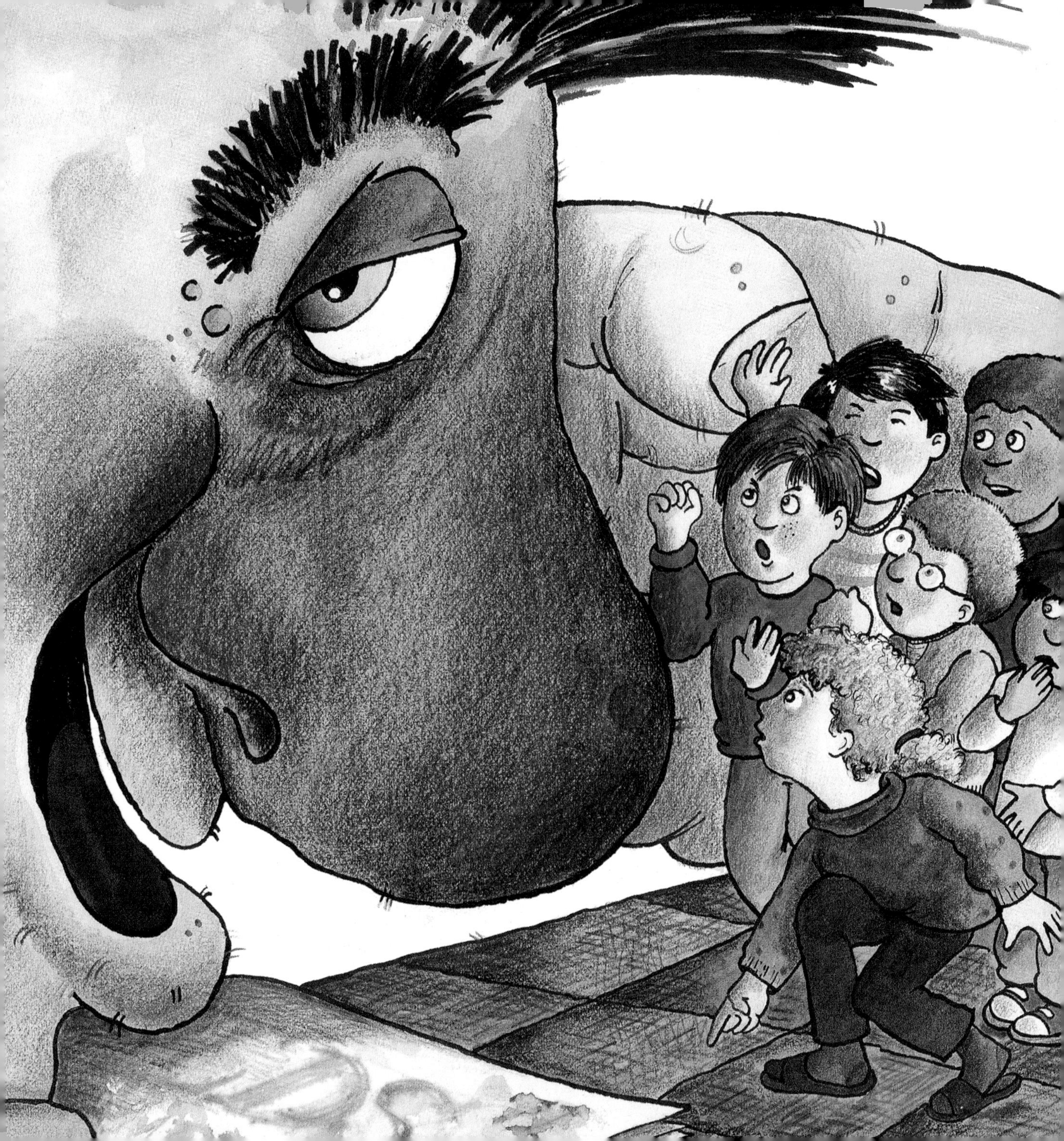

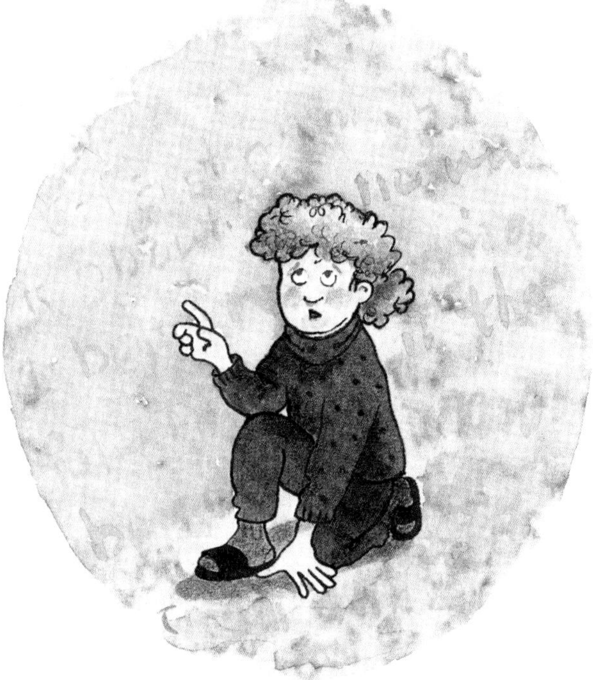

Leyó cada palabrita
del borroso manuscrito
y dijo: —¿Podría pensar
sobre esto un minutito?

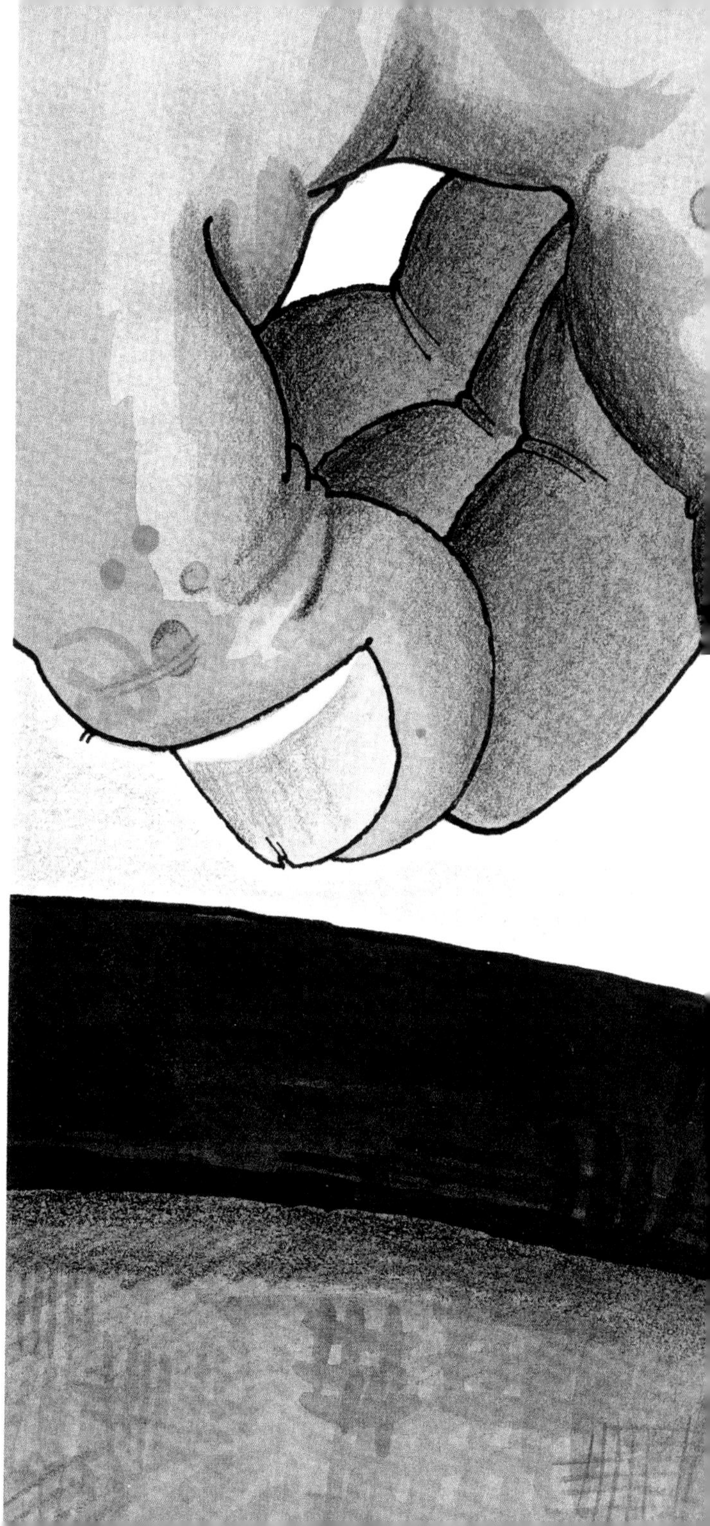

—Pues ¡NO! —gruñó el ogro—. ¡Vayan a la olla, críos!
Tengo fiebre, escalofríos.
Tengo calor, tengo frío.
Y se sopló la nariz con tan estruendoso brío
que los chicos se espantaron
y no dijeron ni pío.

Kati se rompía la cabeza en el momento final
para salvar a los chicos de aquel destino fatal.
El ogro ya estaba listo.
¿Cómo escaparían de allí?

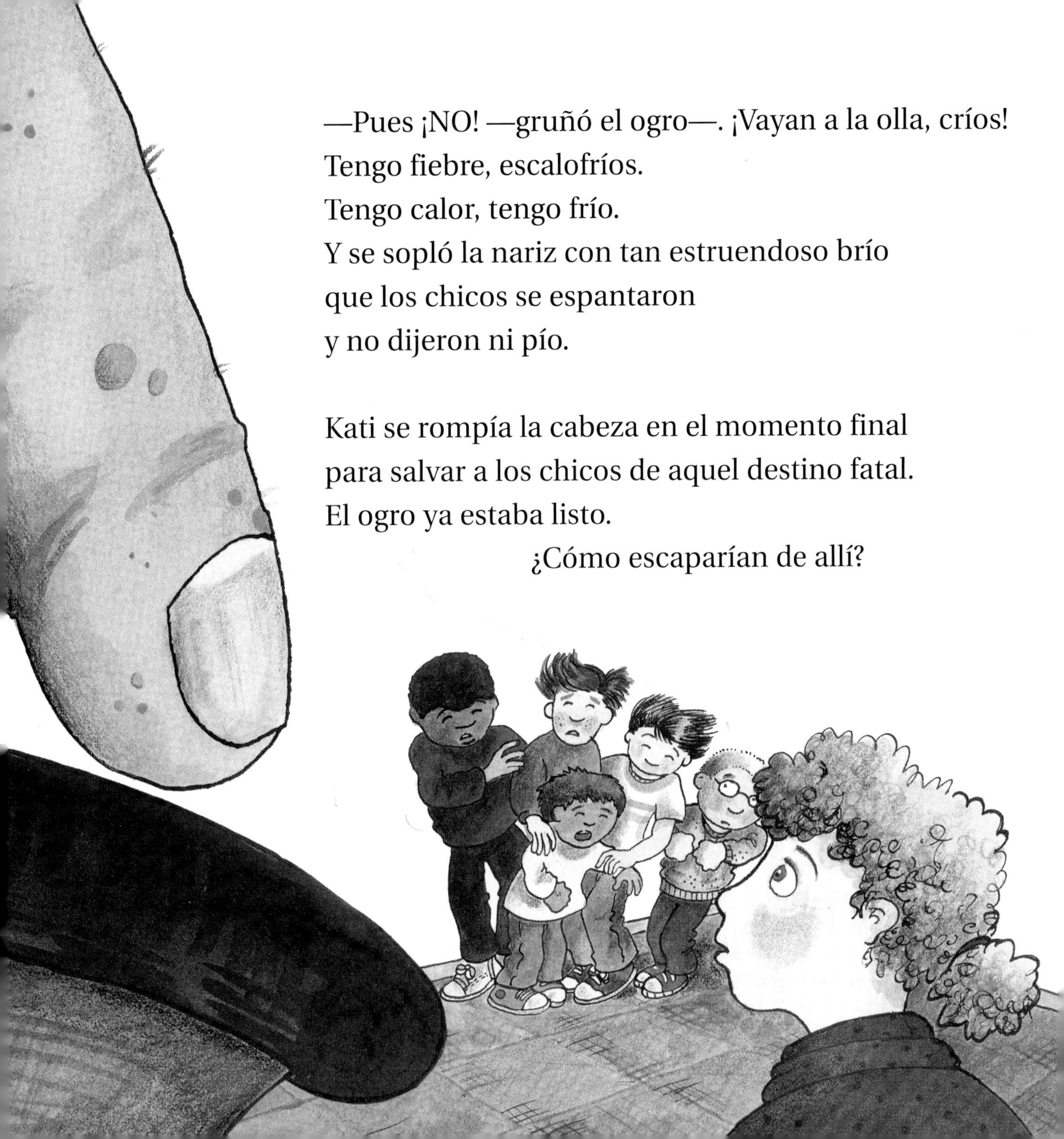

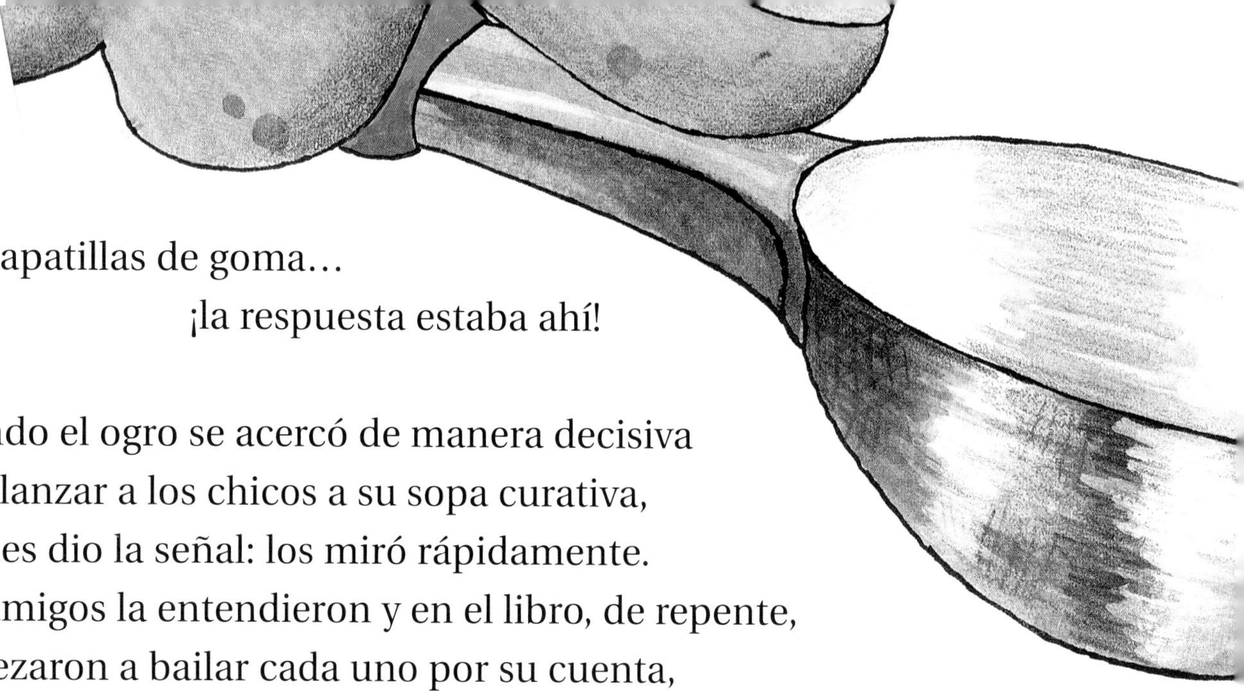

Sus zapatillas de goma…
¡la respuesta estaba ahí!

Cuando el ogro se acercó de manera decisiva
para lanzar a los chicos a su sopa curativa,
Kati les dio la señal: los miró rápidamente.
Sus amigos la entendieron y en el libro, de repente,
empezaron a bailar cada uno por su cuenta,
subiendo y bajando
por la página setenta.
Lo hacían de un lado
a otro;
lo hacían una
y otra vez...

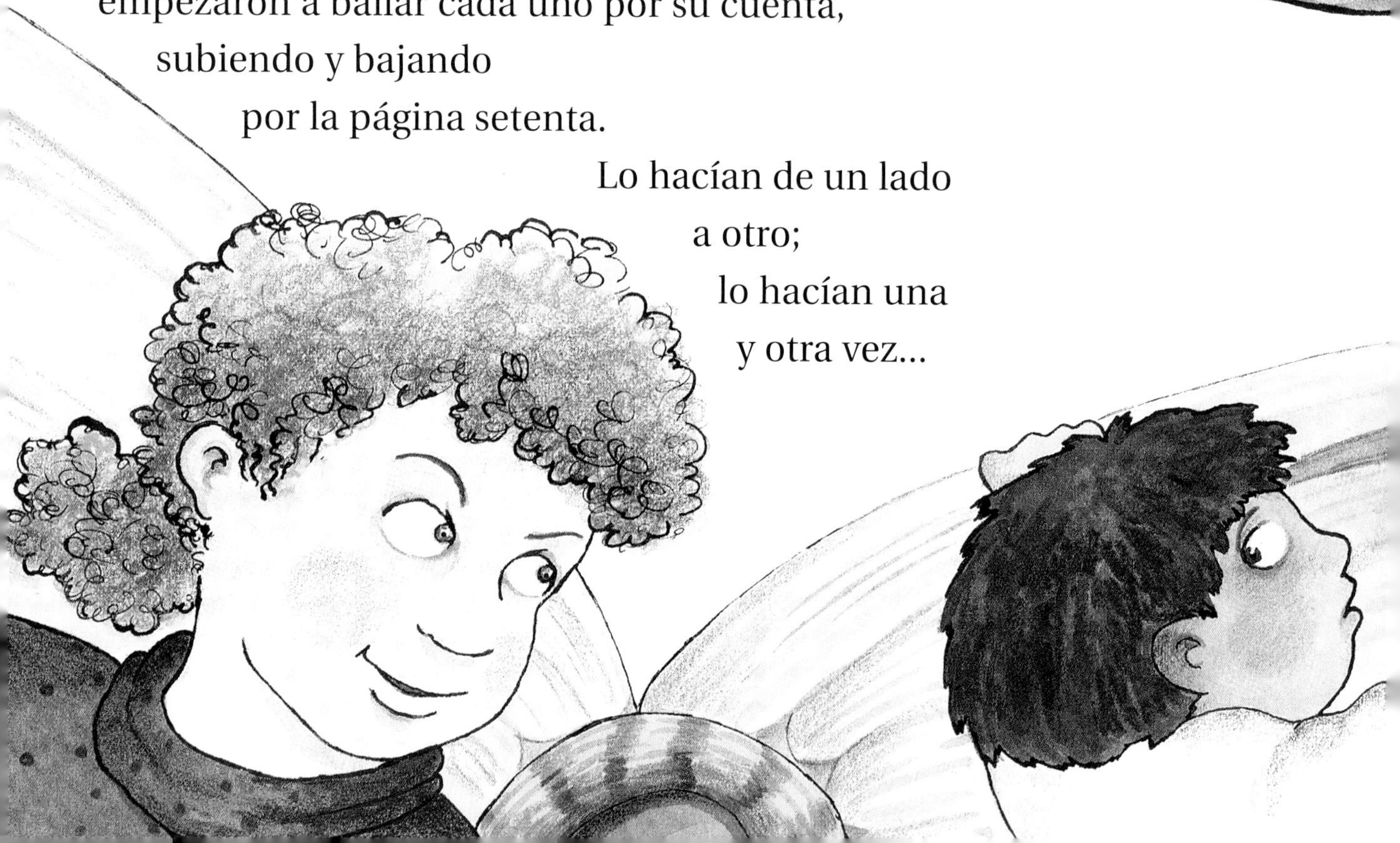

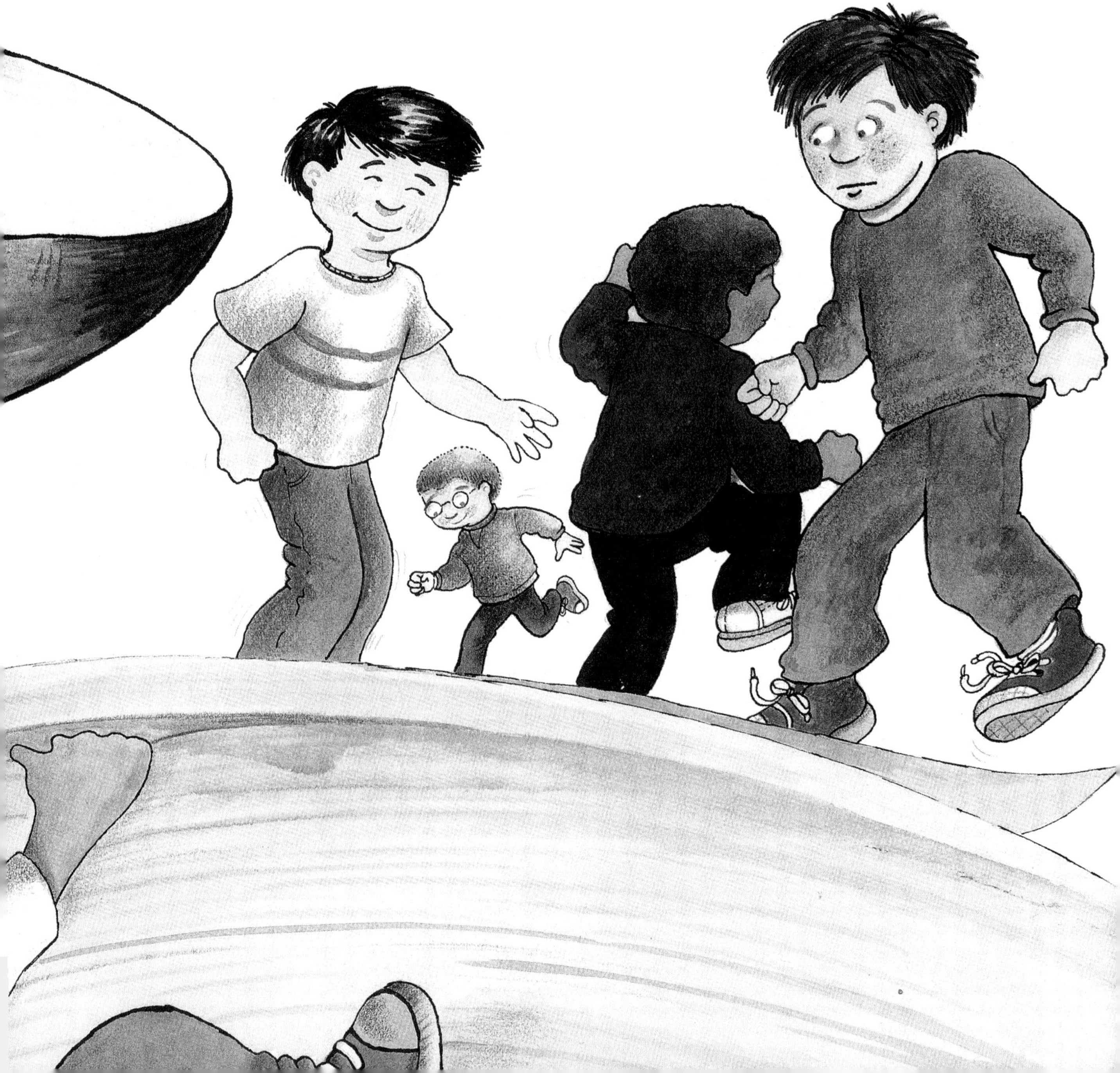

hasta que
las palabras
se borraron
con sus pies.

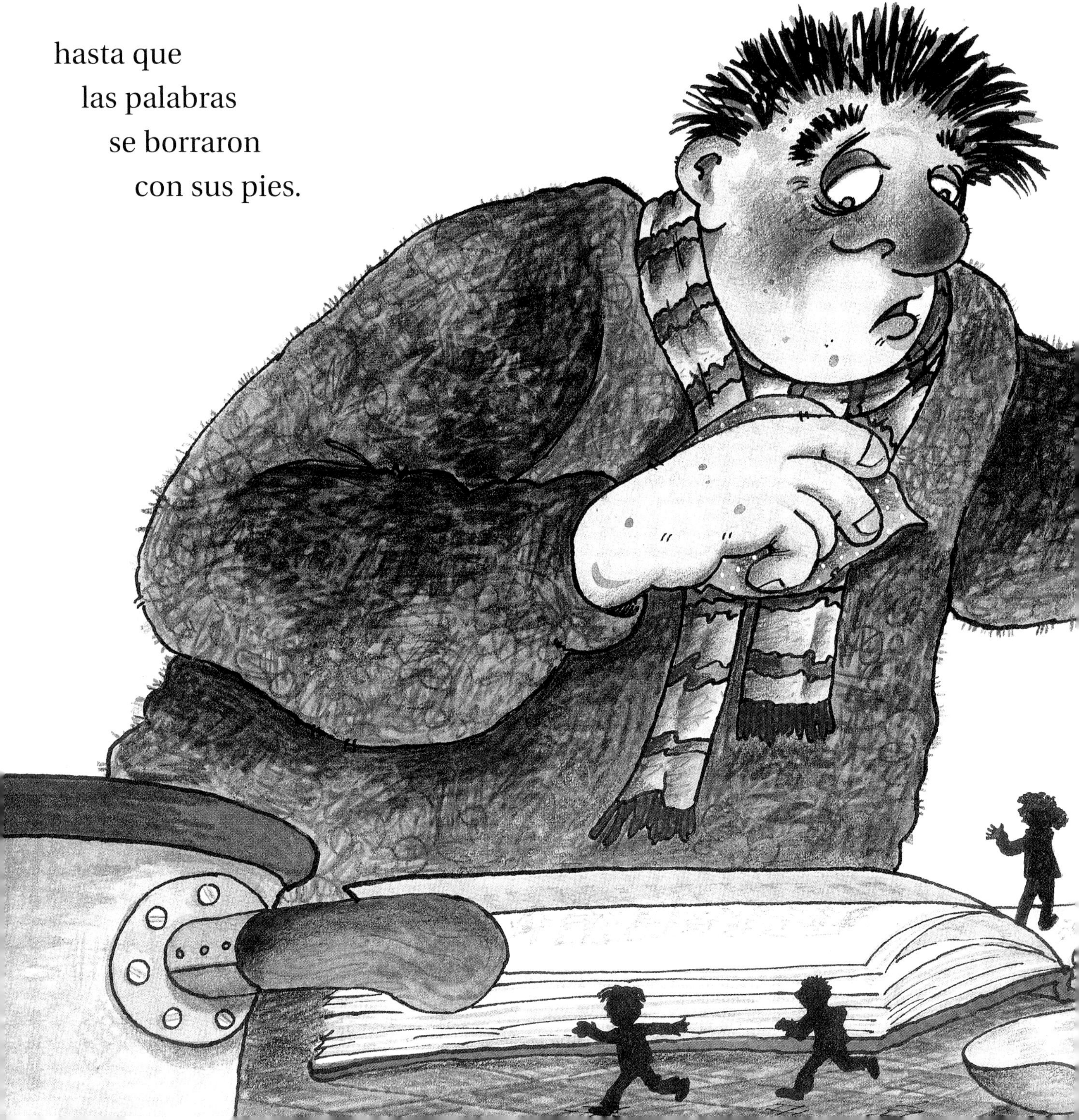

—¡No puedo leerlo así!
—dijo el ogro con disgusto.
Kati dijo: —Yo lo leí,
te explico con mucho gusto.
Decía el libro claramente,
y de eso estoy segura,
Sopa de niño es aquélla
hecha *por* niños,
es la cura.

—Pero… —el ogro suspiró—
¿los niños no iban *adentro*?
Creo que estoy confundido…
¿puedo pensar un momento?

—¡Oh, no! —exclamó Kati—,
estás enfermo, hay que actuar.
Tenemos que darnos prisa.
Eh, chicos, ¡a trabajar!

Cocinaron zanahorias,
hirvieron los guisantes
y sazonaron la sopa
con pulgas para gigantes.

Echaron
un poco de lodo
y pegamento amarillo
y una porción generosa de un champú para dar brillo.

Kati echó
salsa picante,
un poco de pimienta,
unas bananas podridas
y pasta dental de menta,
pepinillos encurtidos
y frijoles enlatados,
revuelto y a fuego lento, como lo habían planeado.

Y, ay, vaya qué olorcillo…
¡más fuerte que el de un zorrillo!

Kati sonrió dulcemente,
y la sirvió bien caliente.

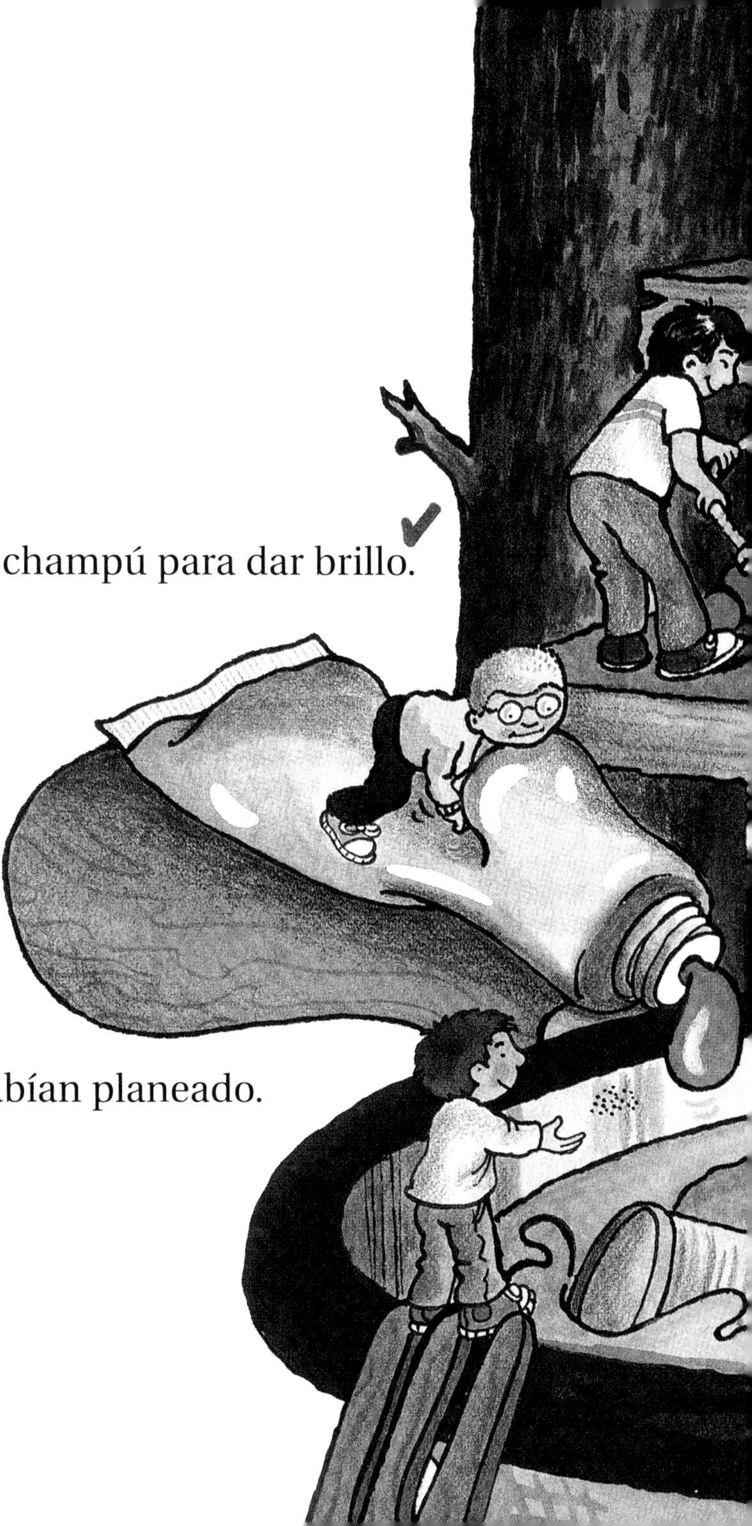

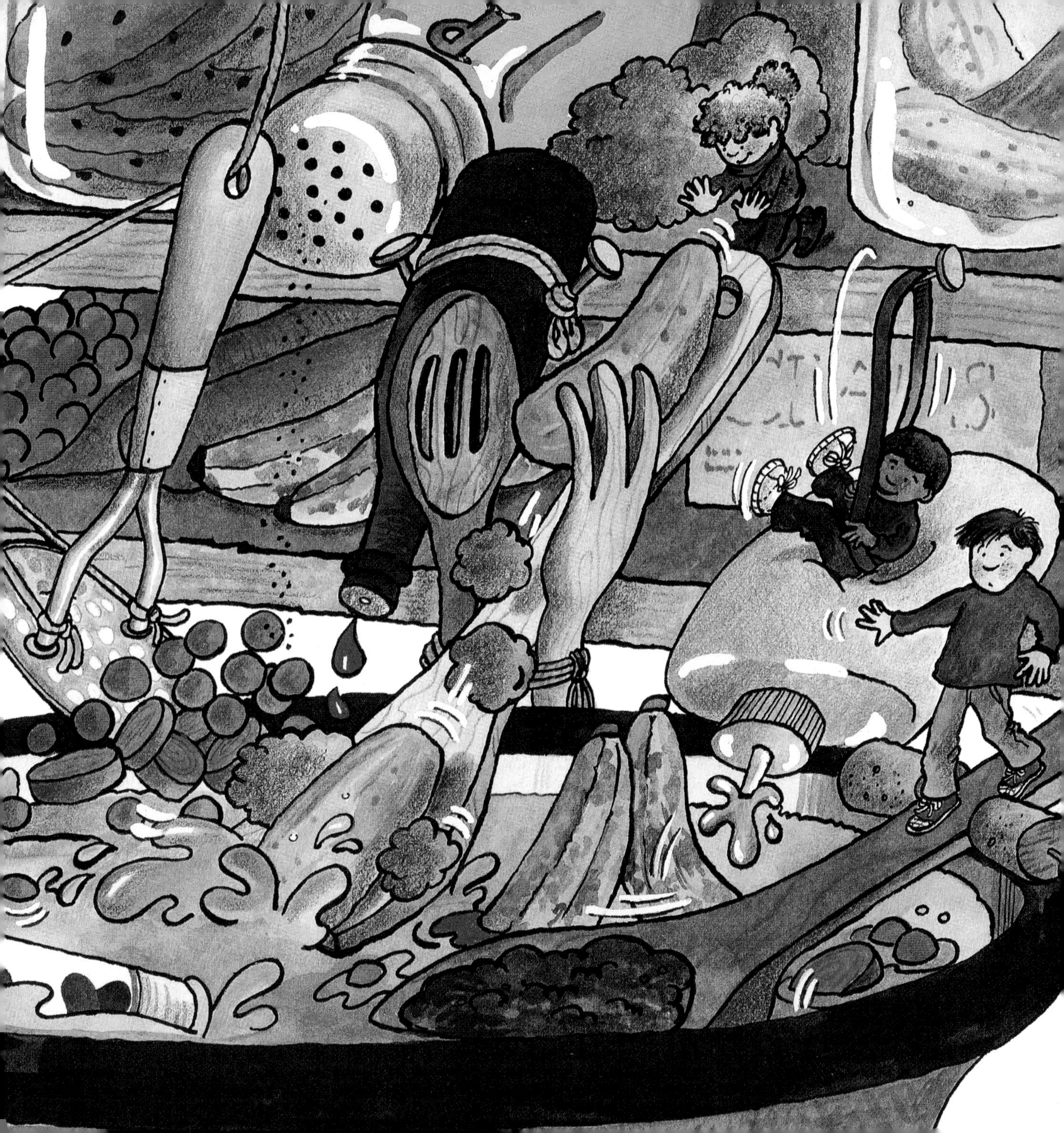

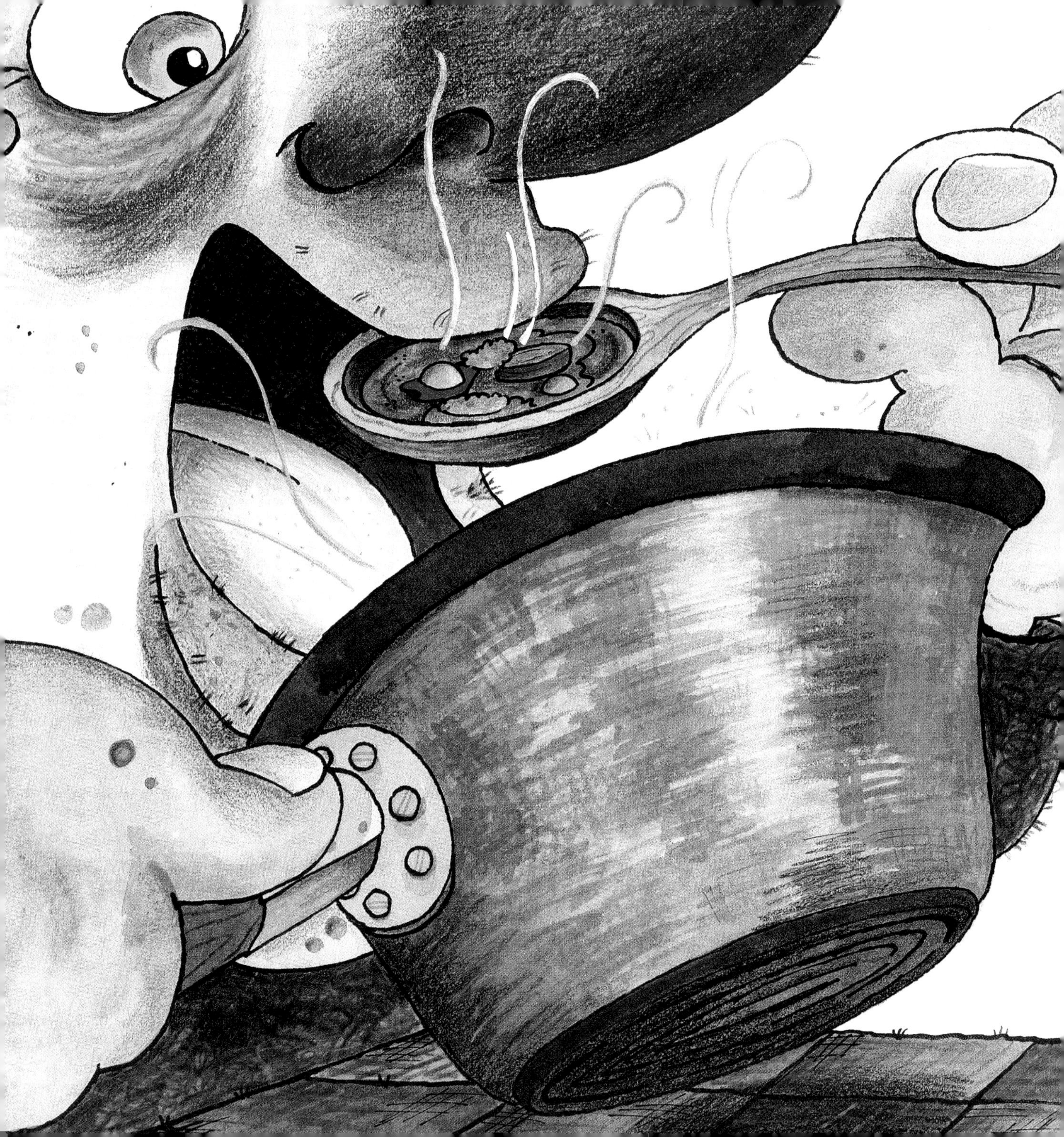

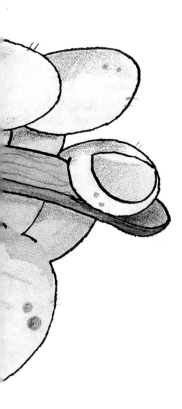

Y soplándose los mocos, tomó el ogro, como pudo,
sorbitos del cucharón
con sus labiotes peludos.

Él gruñó sospechoso pero le dio otra probada,
con su lenguota esponjosa,
blancuzca y acolchonada.

El ogro, de un tirón, la sopa se empinó,
se reclinó...
suspiró...
¡y la panza se le infló!

Pimienta, pepinillos, lodo, ¡qué horrible!
El gigante lanzó un quejido terrible.

Y escupió toda la sopa

con un soplido tan fuerte

que a los niños devolvió

hasta su casa, ¡qué suerte!

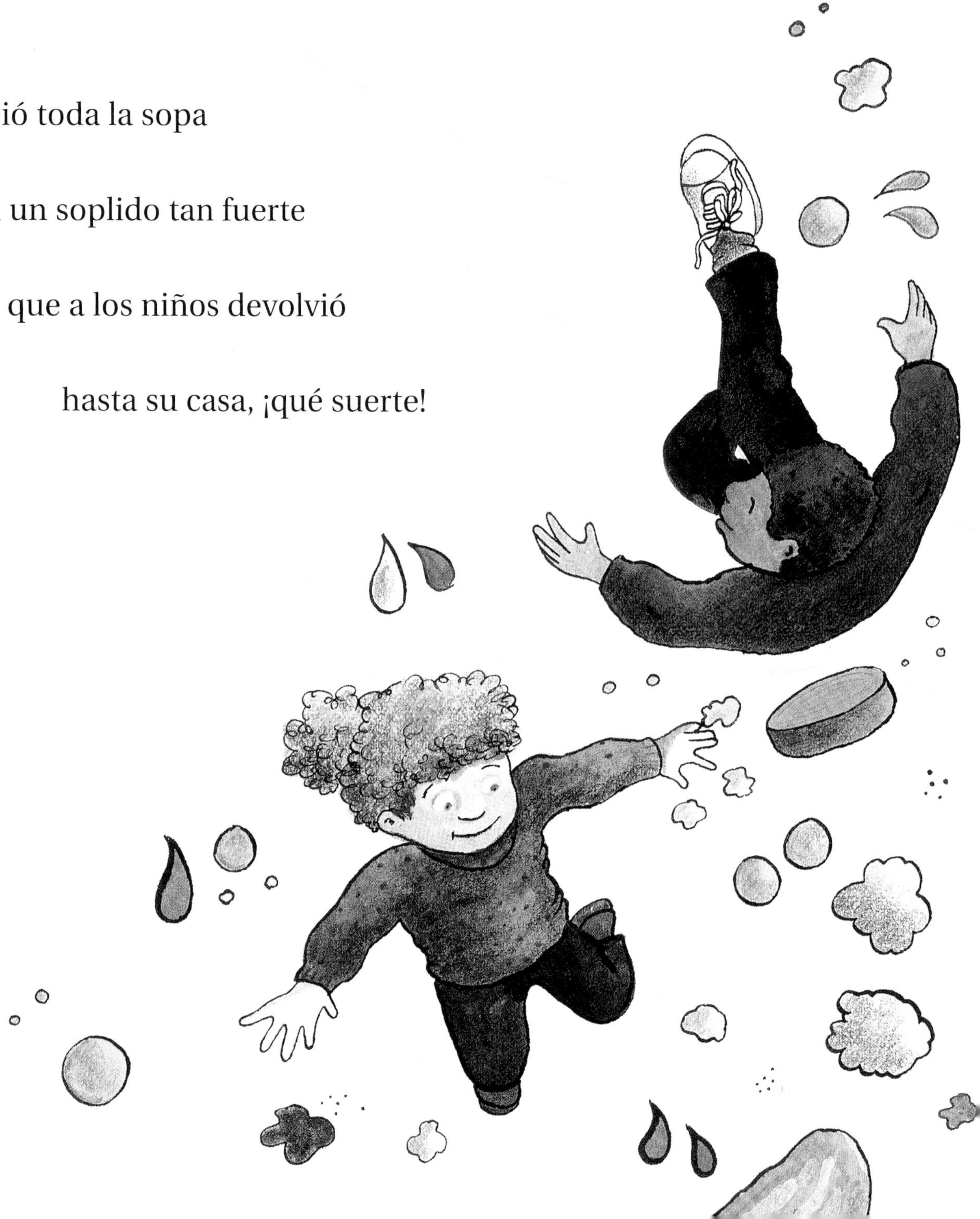

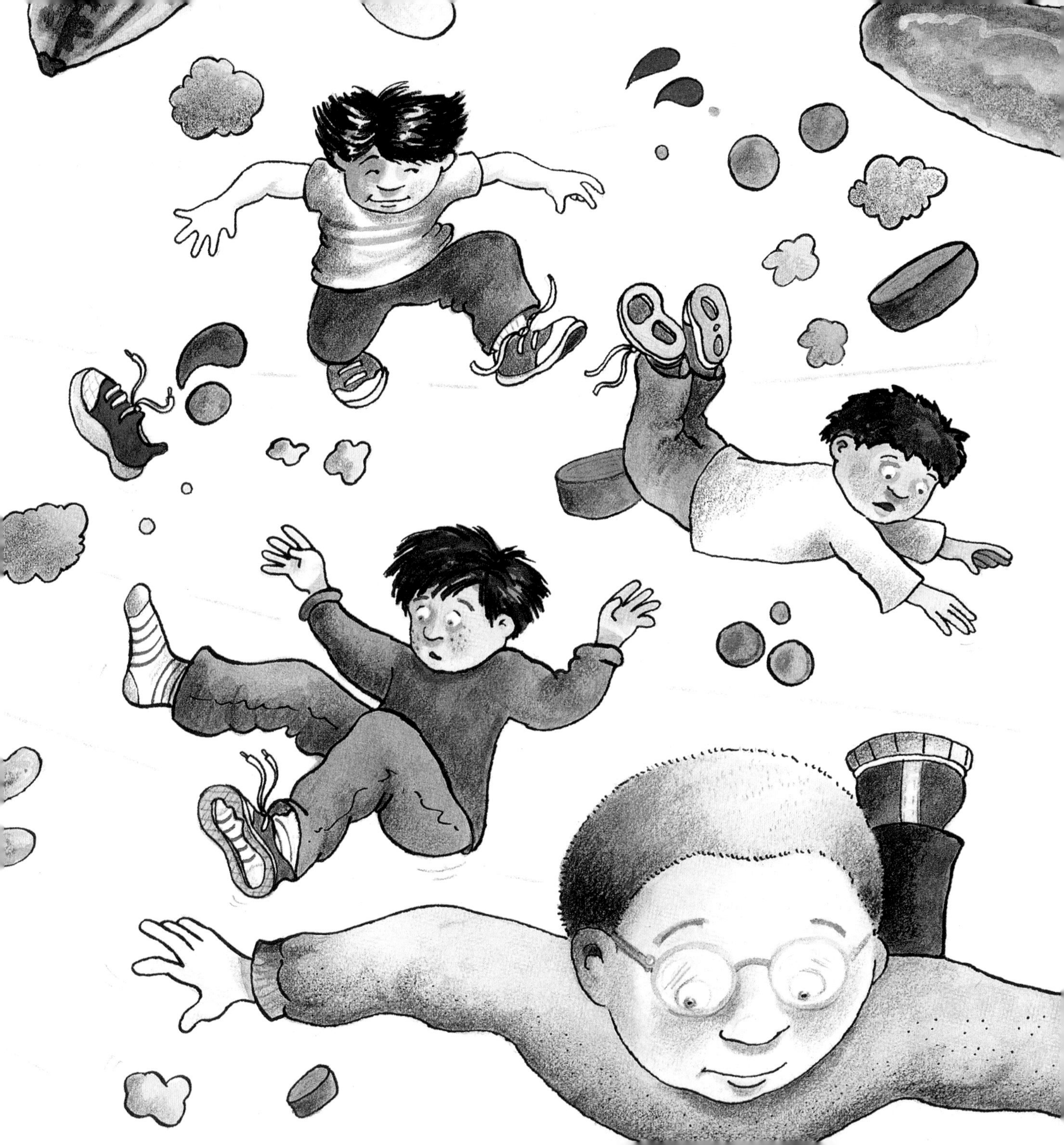

Kati y sus amigos,
un poquito adoloridos,
aterrizaron en casa
en terreno conocido.

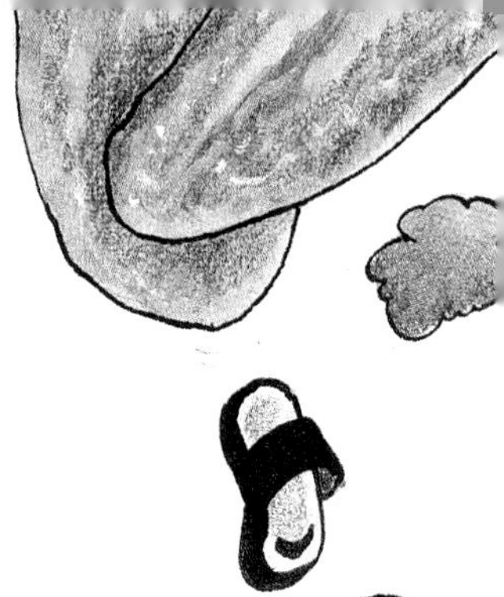

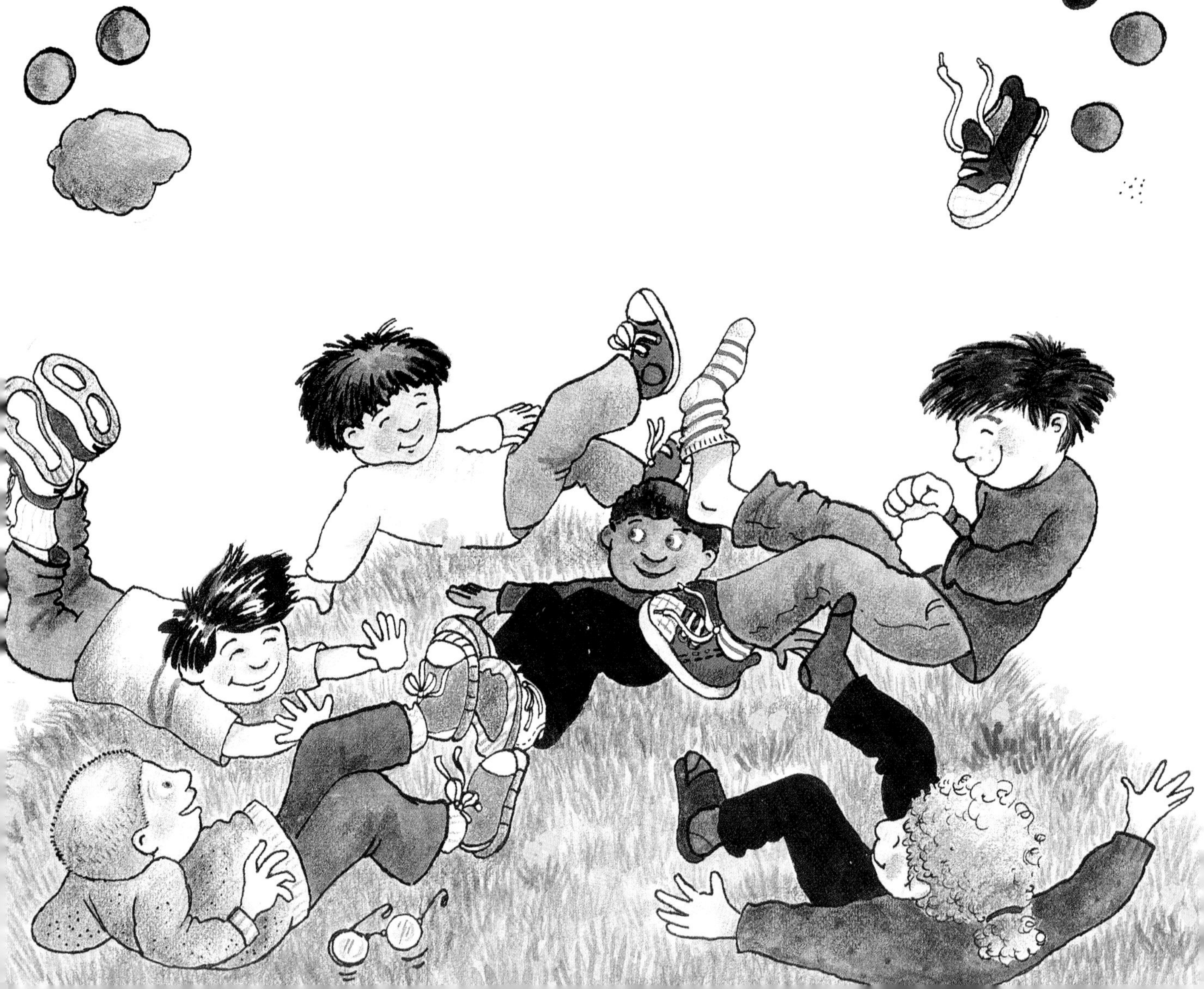

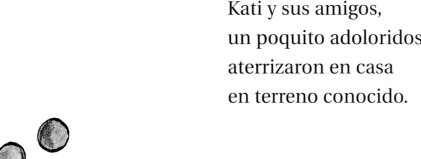

Necesitaban zapatillas nuevas,
y algo tenían que hacer
para superar el trauma
que sufrieron al caer.

No era al ogro a quien querían
los chicos alimentar,
pero con Kati de jefa,
disfrutaron cocinar.

Entre todos abrieron
el "Restaurante de niños",
y servían casi todo
menos la sopa de niño.

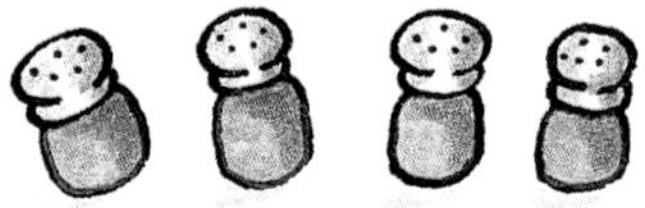

Dirigido a Kati, un día llegó al restaurante
un sobre descomunal con una carta gigante.
Y la carta decía así:

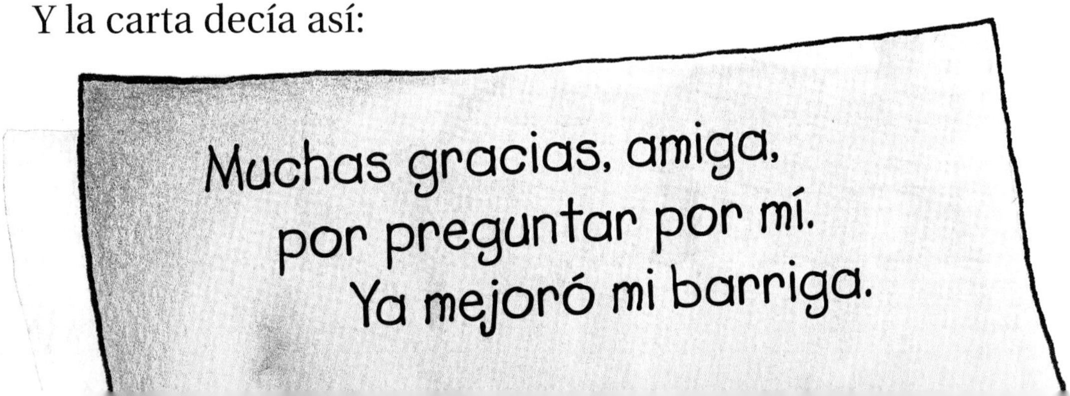
Muchas gracias, amiga,
por preguntar por mí.
Ya mejoró mi barriga.

Esa Guía de remedios era un libro muy viejito.
Por entonces, supongo que hervían a los niñitos.
PERO sí, tienes razón,
no era buena solución.
Suponía que estaba mal,
ésa era mi impresión,
pero estaba tan enfermo
que caí en la tentación.

Qué bueno que hicieron trampas,
me hubiera sentido mal
al darme cuenta después
de que me comí un chaval.

A los demás ogros ya les comenté:
¿Sopa de niño? Jamás tomaré.

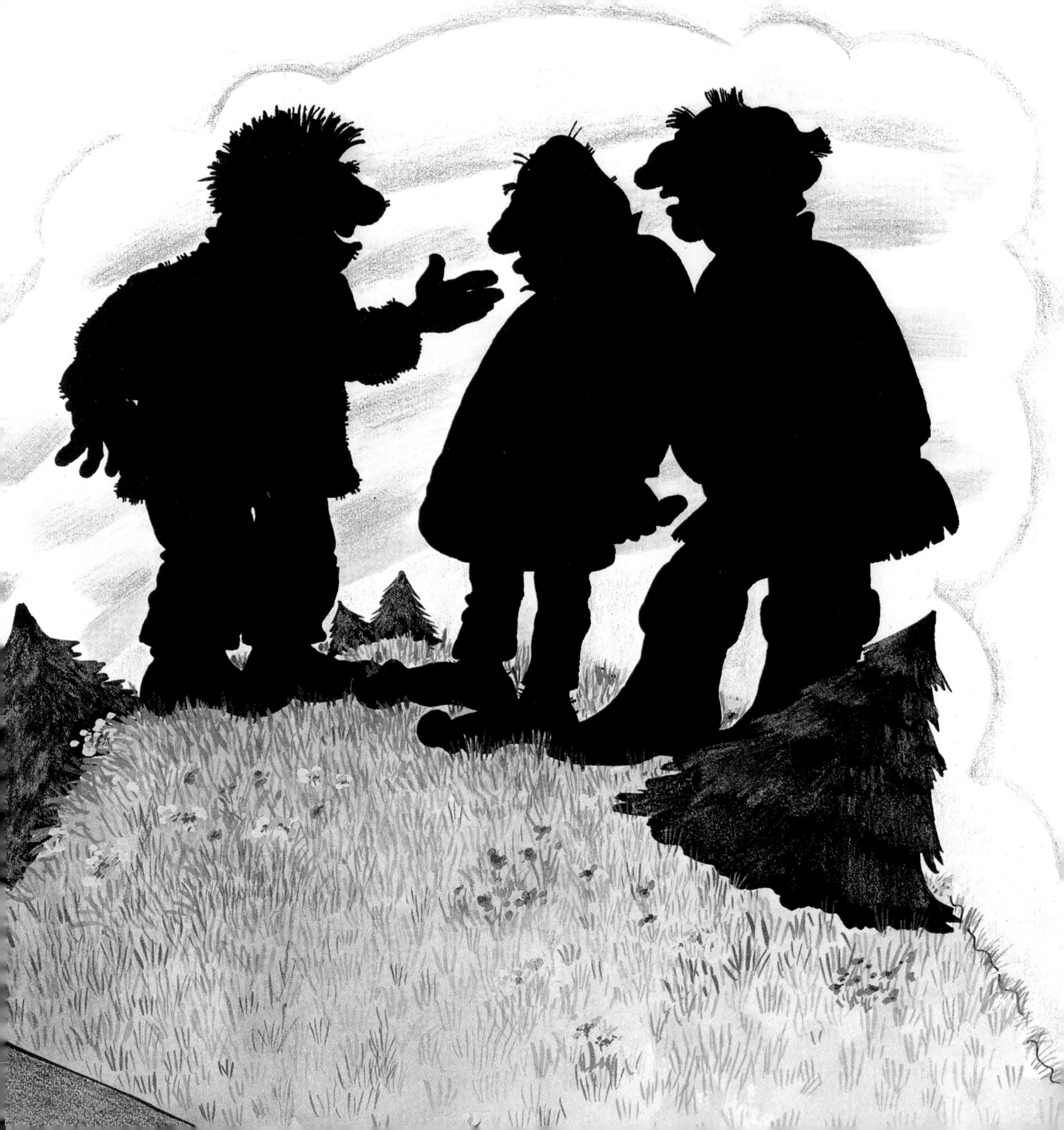

Me arrepiento
bastante.

Los saluda,

El gigante

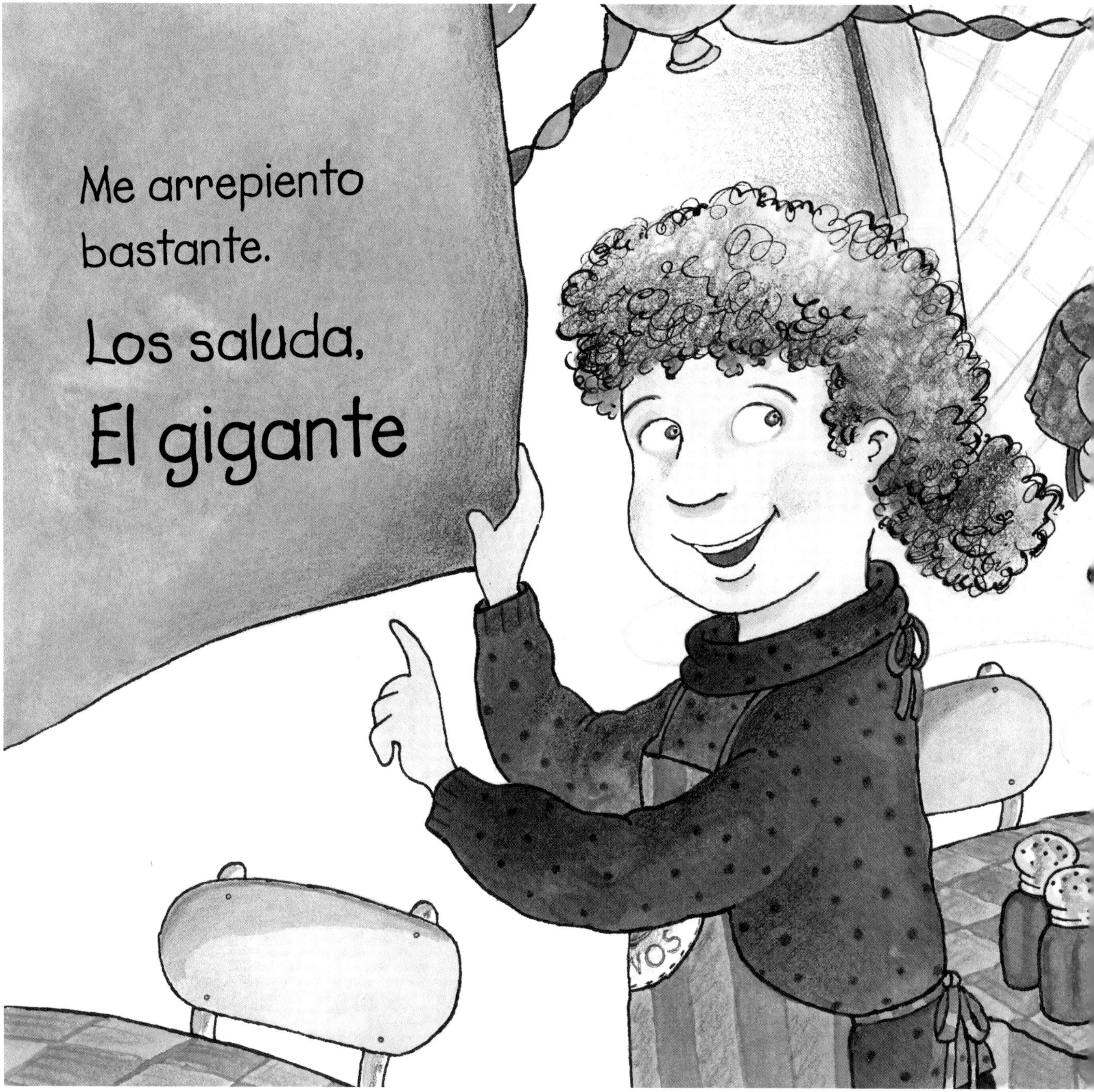

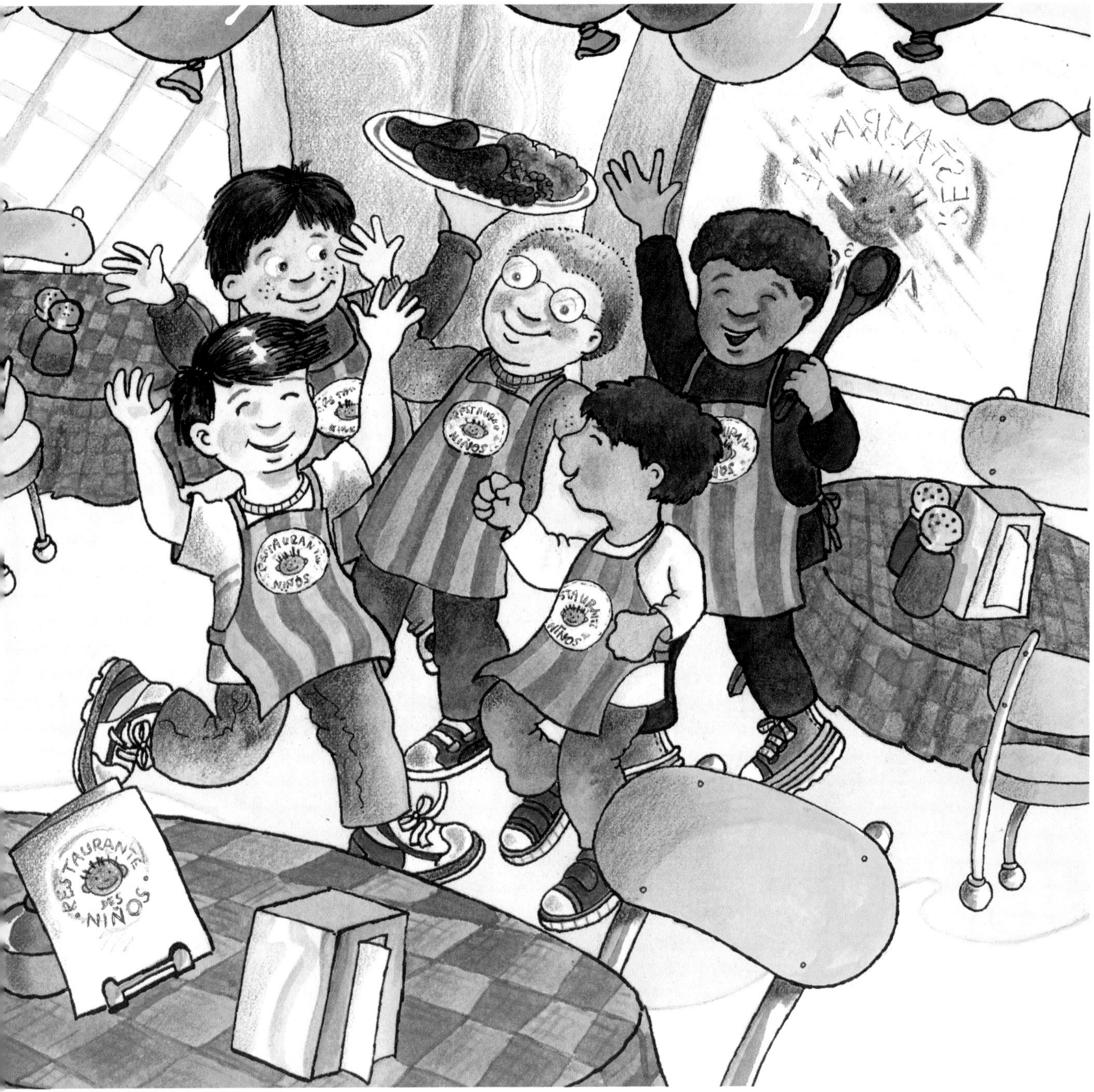
RESTAURANTE
DES
NIÑOS

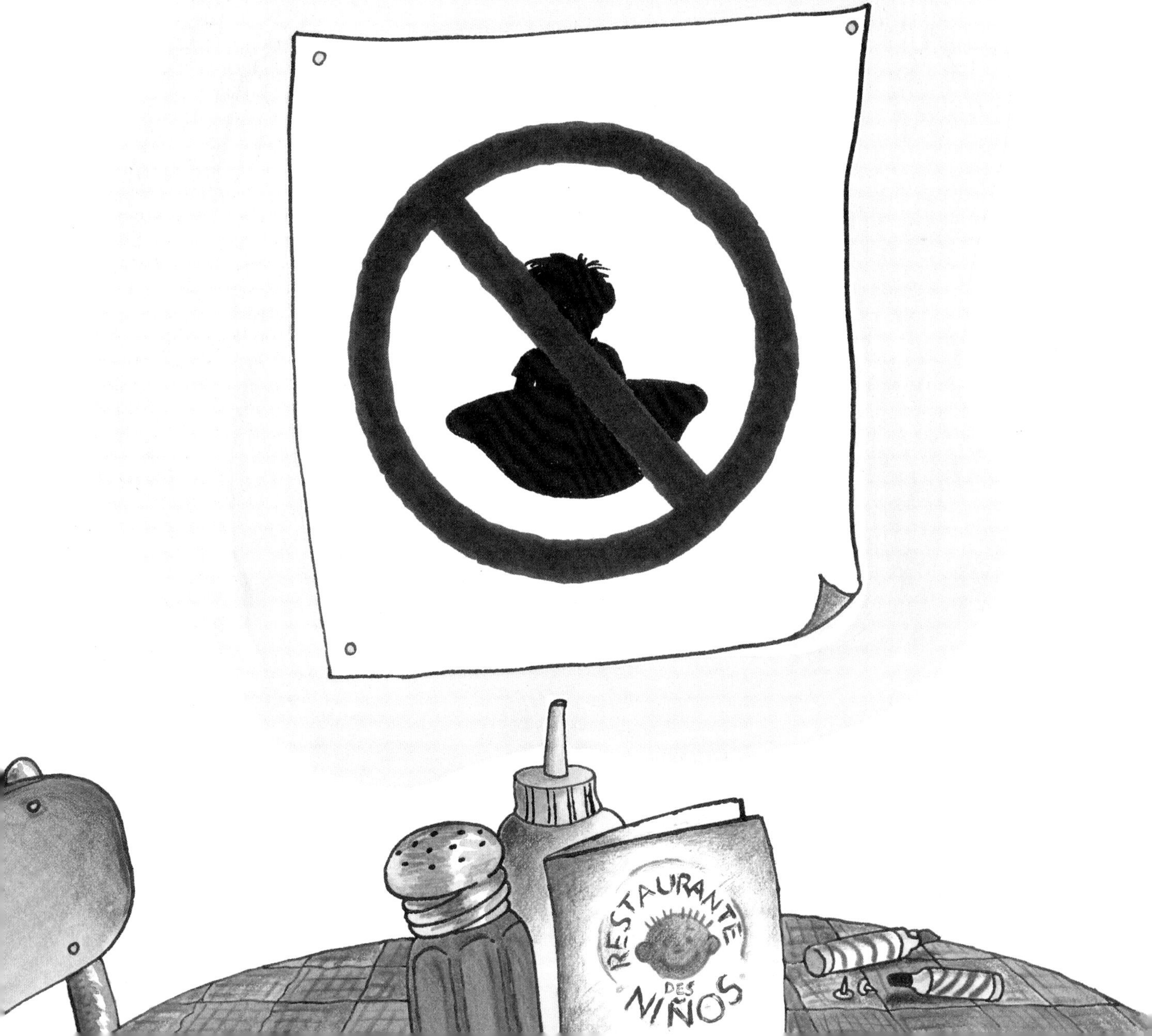
RESTAURANTE
DES
NIÑOS